▾ Les Histoires du Père Castor ▾

Qu'elles soient nées dans l'esprit fécond d'un auteur ou venues du fond des âges et de pays lointains, les histoires transmettent une culture, une tradition, elles parlent de nous. Comprendre, accepter les autres, mieux se connaître, se laisser porter par la magie des mots et des images : c'est tout cela que les Histoires du Père Castor offrent.

Depuis 1931, le Père Castor propose de merveilleuses histoires illustrées, et crée les classiques de la littérature pour enfants, d'hier et d'aujourd'hui. Nous perpétuons cette tradition avec les talents d'auteurs de mots et d'images pour le plaisir toujours renouvelé du partage de la lecture...

Le loup et l'agneau

et 3 autres fables de

La Fontaine

Au Docteur Pierre Portal
qui représente sur Foxy Place.
Avec une pensée pour ton papa…
One Love.
S. P.

Dépôt légal : août 2019
ISBN : 978-2-0814-8854-0
Imprimé en République Tchèque par PB Tisk – décembre 2022
Éditions Flammarion (L.01EJDN001753.A002 / 559906-1) – 82, rue Saint-Lazare - CS 10124 - 75009 Paris
Loi n° 49-956 du 16 juillet 1949 sur les publications destinées à la jeunesse

Le loup et l'agneau

et 3 autres fables de
La Fontaine

4 fables de Jean de La Fontaine
Illustrées par Sébastien Pelon

PÈRE CASTOR

Le Loup et l'Agneau

La raison du plus fort est toujours la meilleure :
Nous l'allons montrer tout à l'heure.

Un Agneau se désaltérait
Dans le courant d'une onde pure.
Un Loup survient à jeun qui cherchait aventure,
Et que la faim en ces lieux attirait.
– Qui te rend si hardi de troubler mon breuvage ?
Dit cet animal plein de rage :
Tu seras châtié de ta témérité.

– Sire, répond l'Agneau, que Votre Majesté
Ne se mette pas en colère ;
Mais plutôt qu'elle considère
Que je me vas désaltérant
Dans le courant,
Plus de vingt pas au-dessous d'Elle ;
Et que par conséquent, en aucune façon,
Je ne puis troubler sa boisson.
– Tu la troubles, reprit cette bête cruelle,
Et je sais que de moi tu médis l'an passé.

– Comment l'aurais-je fait si je n'étais pas né ?
Reprit l'Agneau, je tette encor ma mère.
– Si ce n'est toi, c'est donc ton frère.
– Je n'en ai point.
– C'est donc quelqu'un des tiens :
Car vous ne m'épargnez guère,
Vous, vos bergers, et vos chiens.
On me l'a dit : il faut que je me venge.

Là-dessus, au fond des forêts
Le Loup l'emporte, et puis le mange,
Sans autre forme de procès.

Le Corbeau et le Renard

Maître Corbeau, sur un arbre perché,
Tenait en son bec un fromage.
Maître Renard, par l'odeur alléché,
Lui tint à peu près ce langage :

– Hé bonjour, Monsieur du Corbeau.
Que vous êtes joli ! que vous me semblez beau !

Sans mentir, si votre ramage
Se rapporte à votre plumage,

Vous êtes le Phénix des hôtes de ces bois.

À ces mots, le Corbeau ne se sent pas de joie ;
Et pour montrer sa belle voix,
Il ouvre un large bec, laisse tomber sa proie.

Le Renard s'en saisit, et dit : – Mon bon Monsieur,
Apprenez que tout flatteur
Vit aux dépens de celui qui l'écoute.
Cette leçon vaut bien un fromage, sans doute.

Le Corbeau, honteux et confus,
Jura, mais un peu tard, qu'on ne l'y prendrait plus.

La Cigale et la Fourmi

La Cigale, ayant chanté
Tout l'Été,
Se trouva fort dépourvue
Quand la bise fut venue.
Pas un seul petit morceau
De mouche ou de vermisseau.

Elle alla crier famine
Chez la Fourmi, sa voisine,
La priant de lui prêter
Quelque grain pour subsister
Jusqu'à la saison nouvelle.
– Je vous paierai, lui dit-elle,
Avant l'oût, foi d'animal,
Intérêt et principal.

La Fourmi n’est pas prêteuse ;
C’est là son moindre défaut.
– Que faisiez-vous au temps chaud ?
Dit-elle à cette emprunteuse.
– Nuit et jour à tout venant
Je chantais, ne vous déplaise.
– Vous chantiez ? J’en suis fort aise.
Eh bien, dansez maintenant.

La Grenouille qui se veut faire aussi grosse que le Bœuf

Une Grenouille vit un Bœuf
qui lui sembla de belle taille.
Elle qui n'était pas grosse en tout comme un œuf
Envieuse, s'étend, et s'enfle, et se travaille
Pour égaler l'animal en grosseur,
Disant : – Regardez bien, ma sœur ;
Est-ce assez ? dites-moi ;

– N'y suis-je point encore ?
– Nenni.

– M'y voici donc ?
– Point du tout.

– M’y voilà ?
– Vous n’en approchez point.

La chétive pécore
S'enfla si bien qu'elle creva.
Le monde est plein de gens qui ne sont pas plus sages :
Tout Bourgeois veut bâtir comme les grands Seigneurs,
Tout petit Prince a des Ambassadeurs,
Tout Marquis veut avoir des Pages.

Vous avez aimé cette histoire ?
Découvrez également...

Dans la même collection

n° 3 | Poulerousse

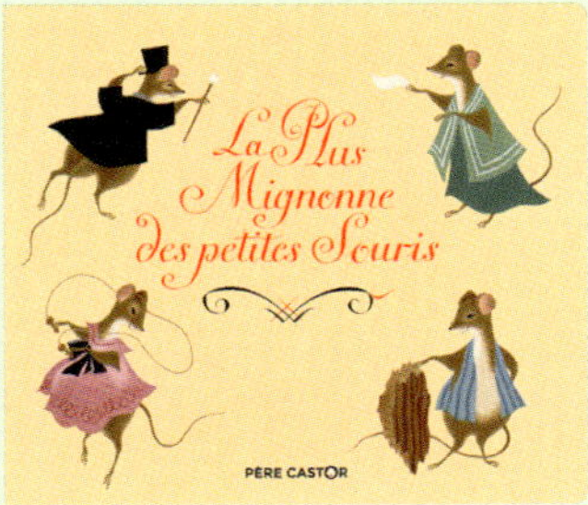

n° 11 | La Plus Mignonne des Petites Souris

n° 19 | La Grande Panthère noire

n° 39 | La Petite Poule rouge

n° 41 | Le petit lapin qui fait peur au loup

n° 45 | Le Singe et l'épi de maïs

n° 48 | Un bon tour de Renart

n° 66 | Un si gros mensonge

n° 71 | Gonflée, la grenouille !

Dans la même collection

n° 74 | Le Grand Lion et le petit lapin

n° 75 | Pourquoi la girafe a-t-elle un long cou ?

n° 90 | Le Grillon plus fort que le lion

n° 97 | La Plume du caneton

n° 108 | Mina la fourmi

n° 118 | Petite Poule noire comme nuit

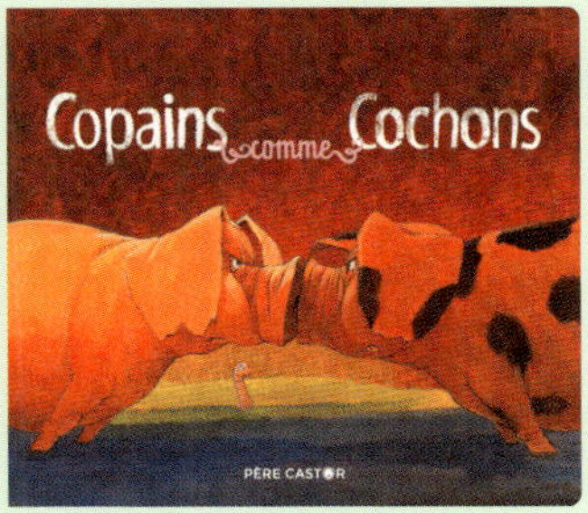

n° 142 | Copains comme cochons

n° 160 | Le Petit Cheval et le vieux chameau

n° 170 | Le jour où le tigre a eu des rayures